KB098327

내맘대로 요정

내맘대로 요정

발　행 | 2022년 08월 08일
저　자 | 이해인
펴낸이 | 한건희
펴낸곳 | 주식회사 부크크
출판사등록 | 2014.07.15.(제2014-16호)
주　소 | 서울특별시 금천구 가산디지털1로 119 SK트윈타워 A동 305호
전　화 | 1670-8316
이메일 | info@bookk.co.kr

ISBN | 979-11-372-9123-2

www.bookk.co.kr
ⓒ 이해인 2022
본 책은 저작자의 지적 재산으로서 무단 전재와 복제를 금합니다.

내맘대로 요정

이해인 지음

CONTENT

제1화 불행의 날

"은하야! 빨리 일어나야지!"
부엌에서 엄마의 목소리가 들렸다.
"으··으응?"

내가 모기만 한 목소리로 말하자,
엄마는 더 크게
"어서 일어나! 어서!"
하며 이불을 걷었다.

"8시 50분이야! 빨리 준비해!"
"으응…뭐? 8시 50분?"

나는 그제야 빨리 준비하기 시작했다.

4학년 첫날인데… 첫날을 망치긴 싫었다.
이제 막 다 준비하고 나니 8시 55분이었다.
학교까지는 걸어서 10분 거리인데
수업 시작 시간 9시까지는 5분밖에 남지 않았다.
나는 헐레벌떡 뛰기 시작했다.
그러자 뒤에서 혁이가 나타났다.

혁이는
"어쩌죠~? 지각하겠네요.
돼지 아줌마, 그럼 전 갑니다!"
하며 뛰어갔다.

혁이는 같은 아파트에 사는 유치원 친구인데,
유치원 때부터 계속 나를 놀리고 다닌다.
짜증 나는 혁이의 코를 한번 납작하게 해주고 싶어서
더 빠르게 뛰었다.
그러다가 그만 눈길에 미끄러지고 말았다.
봄인데도 눈이 녹지 않았기 때문이다.

혁이 때문에 흰 티는 흙 범벅이 되고
바지는 홀딱 젖어 버렸다.

정말 짜증이 났지만 어쩔 수 없었다.

간신히 학교에 도착했는데

막상 이 꼴로 들어가기가 망설여졌다.

먼저 들어가던 혁이는

“와하하하! 서은하! 진흙 돼지 서은하!”
하며 또 놀려댔다.
그 순간!
큰일이 벌어지고 말았다.

가방을 뒤져도 실내화가 보이지 않았다.
그렇게 실내화를 찾고 있는데
딩동댕, 댕댕하는 수업 시간을 알리는 종소리가 들렸다.

난 할 수 없이 실내화를 신지 않고
맨발로 들어갔다.
4학년 2반 뒷문을 열고 재빨리 내 자리에 앉았다.
그런데 어딘가 낯익은 뒷모습이 보였다.

혁이였다.

설마 했는데,
으악..
정말 짜증 났다.

나는 혁이와 같은 반이었을 때의 일들을 생각해보았다.

'머리에 모래를 뿌리지 않나,

날 남자 화장실에 끌어넣지 않나….'

"거기, 너!
이름이… 서은하맞죠?
일어나서 자기소개 좀 해봐요."
예쁜 여자 선생님이 나를 불렀다.

나는 천천히 일어나서 자기소개를 시작했다.

"안녕? 나는 서은하라고 해.
주황색을 좋아하고 내 취미는 책 읽기야."

이렇게 자기소개를 마쳤는데
 갑자기 혁이가 끼어들었다.
"책 잘 읽는 애 같지 않은데?"
하고 말이다.

그러자 우리 반 친구들은
모두 까르르대며 웃었고
혁이는 그 틈을 타서

"쟤 좀 봐. 진흙 돼지야."
라고 했다.

아이들은 더 크게 웃었다.

나만 빼고 모두가 웃는 것 같았다.

또 2교시에는 짝을 정했다.

“모두 제비를 뽑아요.
 동화 속 인물의 짝이 자신의 짝꿍이에요.”

선생님의 말씀이 끝나자마자
친구들과 나는 모두 제비를 하나씩 뽑았다.
혁이가 크게 소리쳤다.

“ 난 이상한 나라의 엘리스다!
흰토끼 어디 있냐!”

이런,
혁이가 내 짝이었다.
정말 짜증 났다.

그렇게 오늘 모든 수업이 끝나고 집에 가고 있었다.
오늘은 온갖 나쁜 일들이 다 일어난 것 같아서
 나도 모르게 이상한 생각들이 마구 떠올랐다.

'이 모든 걸 다 내 마음대로 할 수만 있다면…,
 내가 다 바꿀 수만 있다면…'

그 순간 갑자기 주변이 조용해졌다.
바람이 불어오는 것 같았다.

제2화 요정의 마법

휘익, 휘익 하더니
네 살쯤 되는 것으로 보이는 아이가
하늘색 원피스를 입고 서 있었다.

복잡하던 거리는
순식간에 조용해지고
사람들은 그대로 멈춰있었다.

마치 시간이 멈춘 것 같았다.

“어린아이라고 무시하지 마!
이래 봬도 요정님이라고!”
아이 요정이 말했다

“그건 그렇고 날 불러내다니… 무슨 일이야?
 비밀 주문은 또 어떻게 알았고?”
요정은 알 수 없는 말만 했다.
그러고도 혼자서 중얼거리더니
마침내 입을 열었다.

“그래. 그럼 네가 받아야 할 만큼 가져가렴.
눈을 감아라.”

그래서 난 눈을 감았다.

요정은 내 이마에 손을 올리고는
이상한 주문을 외우기 시작했다.

“마음대로. 마음대로. 모든 걸 마음대로.
마음대로. 마음대로…”

빵빵! 부르릉!
다시 자동차가 움직였다.
사람들도 제대로 움직였다.
요정은 보이지 않았다.

나는 아무 일도 없었던 것처럼
다시 집으로 걸어갔다.

'오늘은 오랜만에 엄마 아빠랑
외식이라도 하면 좋겠네.'
하는 생각이 저절로 떠올랐다.

집에 도착했더니 매일 늦게 들어오시던
아빠가 집에 계셨다.
엄마는 외투를 입고
밖에 나갈 채비를 하고 있었다.

"은하 왔구나? 아빠 오늘 일찍 오셨어.
옆 동에 있는 뷔페 먹으러 가자."

꿈만 같았다.

가족들과 하는 외식이

3년만 이라서 더욱 설레었다.

그렇게 우리는 자동차를 타고
식당으로 출발했다.

"엄마, 뷔페에 아이스크림도
있으면 좋겠어요."

내가 말했다.

"그래? 아이스크림은 있는지 모르겠네."
엄마와 이야기를 나누는 동안
뷔페식당에 다 도착했다.

나는 빨리 들어가서 곧장 음식을 담았다.
내가 제일 좋아하는 샐러드부터
새우볶음밥까지 담았더니 접시가 꽉 찼다.

그렇게 음식을 둘러보다가
아이스크림을 발견했다.
정말 좋았다.
나는 재빨리 접시에 있는 음식을 먹어치우고
아이스크림은 담았다.

음... 정말 맛있었다.
입에서 사르르 녹는 것 같았다.

"은하야, 맛있니?"

엄마가 말했다.

"네! 정말 맛있어요!"

그러자 엄마는
"엄마도 한 입만 ~"
하며 아이스크림을 가져가려 했다.

아빠까지도
"한 입만 줘봐."
라고 했다.

난 어쩔 줄 몰랐다.
그래서 "안돼, 안 돼요! 내가 다 먹을 거 얏!"
하며 애교를 부렸다.

그러자 엄마는 웃으며
아이스크림을 가지러 갔다.

그렇게 즐거운 외식이 끝나고
우리는 다시 집으로 돌아왔다.
집에 와서 잠자리에 누웠더니
오늘 학교에서의 일이 생각났다.

'얄미운 최혁, 얄미운 친구들….

완전히 망쳤잖아!'

속이 부글부글 끓었다.

혁이가 이제 더 이상 괴롭히지 않았으면 했다.
혁이 때문에 다른 친구들도
나를 진흙 돼지라고 부르는데,
그 친구들도 나를 진흙 돼지라고
부르지 않았으면 좋겠다.

'내일은 또 어떤 하루가 될까?'
생각하며 잠이 들었다.

다음날,
난 일찍 일어나서 학교에 갈 준비를 했다.
이젠 지각하기 싫었다.
그 때문에 얼른 세수를 하고 옷을 입었다.

"엄마, 학교 다녀올게요!"
하고 집을 나서자마자 빨리 뛰어갔다.
오늘은 혁이를 만나기 싫었기 때문이다.
늘 그렇듯 혁이와 마주치겠지만 말이다.

오늘도 역시 그랬다.

"야! 서은하!"
혁이가 소리치며 뛰어갔다.

"은하야, 빨리 와! 같이 가자!"
이상했다.

유치원 때부터 매일 놀려대던 혁이가
오늘은 놀리지 않았다.
그냥 친절했다.

그래도 믿어지진 않았다.
뭔가 불안했다.
일단 피하는 게 나을 것 같았다.

혁이와 짝이 되기도 싫었다.
아주 친절한 짝으로 바뀌는 게 더 나았다.

학교에 도착해서 우리 반에 들어갔다.
어제처럼 반 친구들이
나를 진흙 돼지라고 부를 것이 뻔했다.

하지만 아무도 그러지 않았다.

내 짝도 바뀌어 있었다.

이때 난 깨달았다.

요정의 마법은

내가 마음대로 하는 마법이었다.

제3화 나의 멋진 단짝

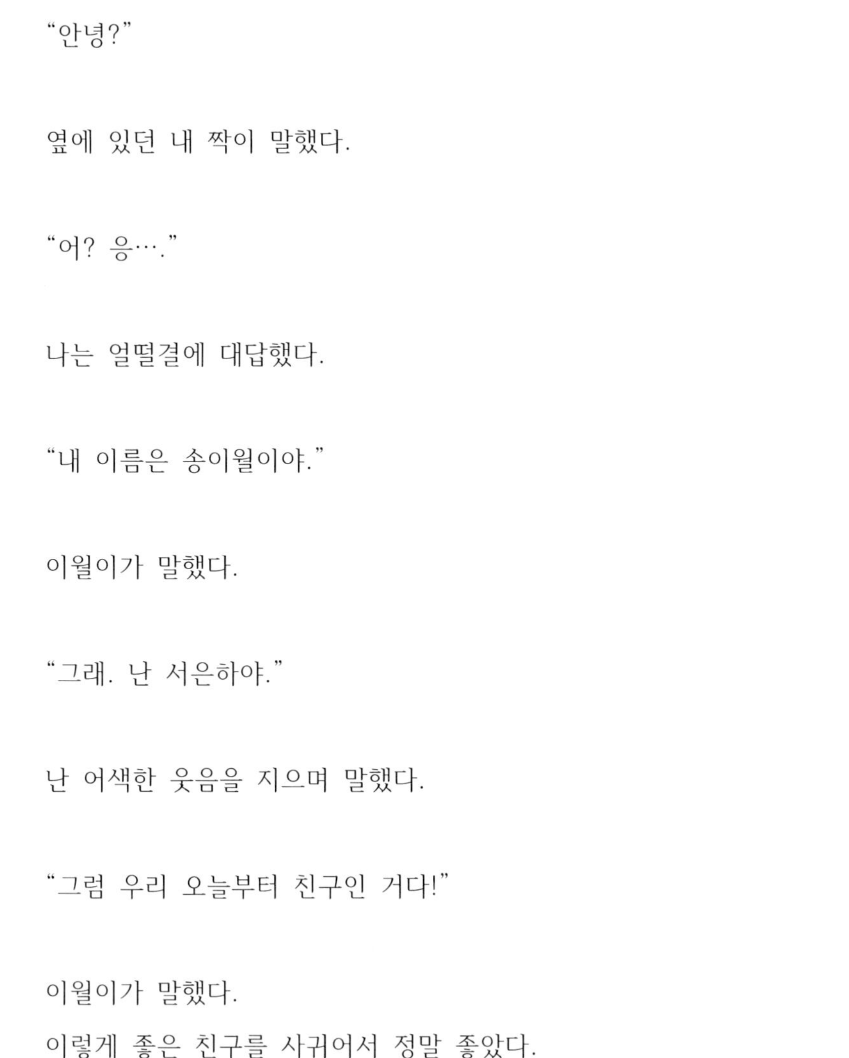

“안녕?”

옆에 있던 내 짝이 말했다.

“어? 응….”

나는 얼떨결에 대답했다.

“내 이름은 송이월이야.”

이월이가 말했다.

“그래. 난 서은하야.”

난 어색한 웃음을 지으며 말했다.

“그럼 우리 오늘부터 친구인 거다!”

이월이가 말했다.
이렇게 좋은 친구를 사귀어서 정말 좋았다.

1교시 수업 중에도

우리는 계속 이야기했다.

그래서 선생님께 주의받았지만

그 후로도 쪽지를 돌려서 이야기했다.

그렇게 1교시가 끝나고

쉬는 시간이 되었다.

“이월아, 이월아!”

다음 수업 준비를 하러 가는 이월이에게
이번엔 내가 먼저 말을 걸었다.

“응? 아! 은하야! 너한테 줄 게 있어!”

이월이는 손에 똑같은 공책을
두 개 들고 말했다.
그러고는 공책 하나를 나한테 내밀었다.

“교환일기야.
우리 둘만 이야기하고 싶은 것을 써서 돌려 보는 거야.”

어느새 내 손엔 공책이 들려 있었다.
교환일기라니….
이월이가 내 비밀을 말하지 않을까
걱정이 되었다.

“내 비밀… 말하지 않을 거지?”
난 용기 내어 물었다.

“그럼! 당연하지! 너도 말하지 않기야!”

이월이가 웃으며 대답했다.
교환일기를 쓰는 것이 처음이었지만 궁금했다.
그래서 난 당장 교환 일기를 썼다.

‘이월아, 넌 참 밝은 아이인 것 같아. 항상 웃고 행복해하는
너의 모습이 참 보기 좋아.
그래서 난 네가 더 좋아지는 것 같아!’

이렇게 쓰고 나니
무언가 부족한 느낌이 들었다.
그래서 난 더 쓰기 시작했다.

‘사실 난 놀라운 능력이 있어.
내 마음대로 하는 능력이야.
이번 수업 시간에 선생님이 수업을 하지 않고
재밌는 게임을 하면 좋겠어.
자, 봐! 이제 선생님은 재밌는 게임을 할 거야!’

내가 일기를 다 쓰고 나니
이월이도 다 쓴 모양이었다.

난 이월이 와 일기를 바꿨다.

'이렇게 교환일기를 쓰니 기분이 좋네.
친구와 교환일기를 써보고 싶었거든.
넌 안 그러니? 우리 앞으로 정말 친한 친구가 되자.
싸우지 않는 진정한 친구 말이야.
그럼 우리 좋은 친구가 되자.'

다 읽었다.

이월이는 정말 좋은 친구인 것 같았다.
이월이는 이미 다 읽었다는 듯이
기다리고 있었고
다시 내 일기장을 돌려주었다.

'딩동 댕댕댕' 수업 시간이 되었다.
선생님이 칠판 앞으로 나와 분필로 무언가를 쓰셨다.
난 아마 게임 제목일 거로 생각했다.

하지만 달랐다.
칠판에는 '1단원 큰 수'라고 쓰여 있었다.
원래 시간표대로 수학 수업이 시작되었다.

'그럼 그렇지. 아까는 우연이었을 거야.'
이런 생각을 하느라 수업에 집중되지 않았다.

다시 쉬는 시간이 되었다.

이월이는
"그게 도대체 무슨 말이야?
이루어지지 않았잖아!"라고 말했다.

그렇게 수업이 끝났다.
집에 가면 아무도 없을 텐데
강아지와 동생 한 명만 있었으면 좋겠다.

삐빅~~ 삐비빅~~
나는 비밀번호를 풀고 집으로 들어갔다.

'멍멍!' 강아지가 짖었다.
진짜 강아지가 있었다.

강아지 울음소리와
동시에 아기의 울음소리도 들렸다.
동생이었다.

분명히 나에게 능력이 있는 것은 확실한데 왜 아까는
이루어지지 않았을까?

냉장고에 있는 강아지 밥을 강아지에게 주고
동생 은찬이를 잘 재우라는 엄마의 쪽지가 붙어있었다.
나는 빨리 강아지에게 밥을 주었다.

숙제하고 나니 8시였다.
은찬이가 울어댔다.
나는 등을 토닥이며 빨리 재웠다.

후유. 동생이 있는 것도 참 힘든 일이다.
그러고는 나도 잠자리에 들었다.

제4화 코코와의 첫 산책

멍!

코코가 나를 향해 짖었다.
그러고는 혀로 핥기 시작했다.

"야야야! 꺅! 뭐 하는 거야? 저리 가!"

이런...
나도 모르게 비명을 지르고 말았다.

언제 왔는지 엄마는 날 보고 웃으며
"빨리 코코랑 산책 다녀와"

라고 말했다. 난 당황했다.
산책을 어떻게 하는지 모르는데...
그리고 무엇보다도 오늘 토요일 아침에는
내가 좋아하는 TV쇼가 있는데 말이다.

"빨리 다녀오렴."

엄마는 빨리 재촉했다.
그러자 나는

"안돼. 난 TV 쇼 볼 거야."

하고 말했다.

"무슨 소리야, 잔말 말고 빨리 갔다 와."

엄마가 말했다.
난 어쩔 수 없이 산책하러 갔다.

"은하야! 이거 가지고 가야지!

매일 잘 챙기더니 오늘은 왜 그래?"

검은 비닐봉지와 집게였다.
코코의 배변 봉지였다.
난 얼른 받아서 들고 산책에 나섰다.

멍! 멍!
코코는 마구 달렸다.
내가 목줄을 잡아당겨도 말을 듣지 않았다.

"코코야!! 코코! 거기 서!
제발!"

난 코코에게 끌리며 뛰어다녔다.
갑자기 코코가 멈춰 섰다.
어린아이에게 달려드는 것이었다.

"으앙... 으앙!"

아이가 울기 시작했다.
잠깐, 이 아이는 나에게
마법을 주었던 마음대로 요정이었다!

나는 그래서 마음대로 요정에게 달려갔다.

"저... 저기...?"

그러자 그대로 사라지는 거였다!!
 이런, 너무 놀라서 가만히 서 있었다.
코코가 어디로 간지도 모른 채...

그제야 정신을 차린 나는
코코를 찾기 시작했다.

"코코야! 코코! 코코야 어디 있어!!"

코코는 보이지 않았다.
나 혼자서만 공원을 누비고 다녔다.
하지만 결국 코코를 찾지 못하고
2시간 후에 집으로 갔다.

삑 삑 삐빅~~

비밀번호를 누르고 집에 들어오자
멍멍!! 하는 코코의 소리가 들렸다.
코코는 집에 와 있었다.

"은하야, 너 어디 갔다 왔니?
코코만 집에 들어오고. 산책 제대로 안 할 거야?
네가 키우겠다며?"

엄마의 잔소리가 시작됐다.
나도 제대로 하고 싶었는데...

그런데 마음대로 요정은
왜 그곳에 있었던 걸까??

제5화 안 돼! 엄마!

"아... 아니... 그게 아니라..."

내가 말했다.

"코코 산책은 네가 책임지기로 했잖아?
엄마는 너 밥도 줘야 하고 은찬이도 돌봐줘야 하고.
네가 코코 안 돌보면 엄마가 너무 힘들잖아!"

엄마의 잔소리는 계속됐다.

"코코가.. 코코가 혼자 뛰쳐갔단 말이야아~~!"

어쩌지... 소리를 질러 버렸다.
나는 마음대로 요정을 보고 있었는데 코코가 뛰어갔다.
이 모든 게 마음대로 요정 때문이다.
마음대로 요정이 없었으면 코코도 없었을 텐데.
동생 은찬이도 없었을 텐데!
그렇다면 엄마의 잔소리도 없었을 테고 말이다.

왈왈왈왈왈왈! 멍멍멍!!

코코는 멍멍 짖으면서 문을 두드렸다.
그래서 문을 벌컥 열었다.

왈왈!! 멍!! 코코는 왈왈 짖으며
내 품에 올라왔다.
하지만 내 일기장을 입에 물고 있었다!
이월이와의 교환 일기장이었다.

"안돼!"

난 또 소리쳤다.
일기장은 침으로 범벅이었고 반쯤 찢어져 있었다.

"아아아아아아아아악!!"

지금은 뭐든 싫었다. 코코도 미웠다.
엄마도 밉고 은찬이도 미웠다.
찢어진 교환일기를 보고 이월이가 뭐라고 할지 무서웠다.
혹시 멀어질까 두려웠다.

"엄마 잠시 나갔다 올 테니
은찬이 좀 잘 돌보고 있어라."

엄마는 차갑게 말하고 돌아섰다.
난 엄마도 없는 틈에 텔레비전이라도 볼까 하고
텔레비전을 켰다.
텔레비전을 보고 있는데 은찬이가 울어댔다.

"으아아아아아앙"

은찬이의 울음소리는 점점 커졌다.

"으으, 이 아무것도 할 줄 모르는 꼬맹이!
코코도 너도 다 싫어!"

난 이렇게 외치며 은찬이가 누워있는
엄마의 침대로 갔다.
돌봐주기도 싫고 다 싫었다.
나는 침대에 누워서 그대로 잠이 들었다.

"은하야, 서은하!
은찬이 간식도 주고 좀 봐주라 했더니 뭐 하는 거야?"

집에 오자마자 잔소리라니...
지옥이다.

"엄마가 말했잖아.
너 다 먹여 키우려고 이렇게 일하는 거라고.
엄마 힘드니까 동생 좀..."

엄마가 말했다.
그러자 난 소리쳤다.

"알았어! 알았어요! 엄마는 동생만 생각해!

나는 안 힘든 줄 알아요? 나도 힘들단 말이야!

코코도, 은찬이도, 엄마도 전부 사라져버렸으면 좋겠어!"

제6화 아니야! 이게 아니란 말이야!

"엄마도 은찬이도 모두 차라리 사라져버리는 게 좋겠어!"

코코를 키우는 게 아니었다.
역시 그냥 혼자가 좋았다.
이 모든 건 어디서부터 일어난 걸까...

그렇게 방에 한참을 있다가 거실로 나왔다.

조용했다.
아무도 없는 것 같았다.

"엄마, 엄마!!"

아무 대답도 들리지 않았다.
코코도, 은찬이도 없었다.
앗, 이런!
설마 내가 아까 무심코 질렀던 말 때문일까,
정말 은찬이도 엄마도 다 사라져버린 걸까?

"악! 어디서부터 잘못된 거야?"

나 혼자 집에 있다는 게 무섭고 두려웠다.
처음에 마음대로 요정을 만나는 게 아니었는데…
아무 말이나 중얼거리는 게 아니었는데…
마음대로 마법을 받았을 땐 좋았는데
이렇게까지 될지는 몰랐다.

그냥 혼란스러웠다.

어떡하지… 울음이 터져 나왔다.

제발… 어떻게든 되돌리고 싶었다.

나는 당장 되돌릴 방법을 찾기 시작했다.

이 모든 건 내가 한 말 때문이다.

'내가 아까 사라져버렸으면 좋겠다고 했으니
다시 나왔으면 좋겠다고 하면 되겠지.'

그래서 나는 말했다.

"엄마가 나타났으면 좋겠어.

엄마가 나타났으면 좋겠어.

엄마가 다시 생겼으면 좋겠어!"

아무 반응이 없었다.

난 다시 한번 소리쳤다.

"엄마가 다시 생겼으면 좋겠어!"

침묵이 흘렀다.

아무 일도 일어나지 않았다.

이상했다.

나는 그냥 너무 슬펐다.

또다시 울음이 터져 나왔다.

쉴 새 없이 울었다.

"…마음대로 요정… 찾을 수 있잖아?"

집 밖에 나와 최대한 빨리 달렸다.

처음 마음대로 요정을 만났던 다리 위로 갔다.

"마음대로 요정, 제발 나와줘요….
엄마를 찾아야 해요."

마음대로 요정은 어디 있는 거지?
어떻게든 찾아야 하는데 머리가 어지러웠다.

제7화 마음대로 요정

머리가 어지러웠다. 속도 메스꺼웠다.

그러다가 갑자기 괜찮아졌다.

또 시간이 멈췄다. 드디어 마음대로 요정이 나타났다!

“왜 불렀니?”

요정이 말했다. 요정이 나타난 것이다!

그런데 난 대답을 하지 못한 채 고개를 푹 숙이고 눈물만 흘렸다.

왜 그런지는 모르겠지만 눈물이 점점 나왔다.

눈물이 내 따뜻한 볼을 타고 흘러내렸다.

요정은 등 뒤로 와서 날 안아주었다.

등이 따뜻해지는 것을 느꼈다.

원래 어린아이의 모습이었던 요정이 나보다 키가 훨씬 큰 어른이 되어 있었다.

"나를 부른 이유를 말하렴."

요정이 말했다.

"마법이 통하지 않아요. 엄마가... 나타나지 않아요."

내가 말했다.

"없애는 건 마음대로 없앨 수 있지만
생명을 다시 만들어내거나 살리는 것은 불가능하단다.
망가졌는데 다시 멀쩡하게 붙이는 것은 불가능하잖니?"

요정이 말했다.
나는 목구멍까지 올라온 울음을 참고 요정에게 말했다.

"그렇다면... 그러면 우리 엄마는 어떡해요?
다시 나타나지 않는 건가요?"
"마음대로 마법이 너에게 가장 필요한 것이 아니었니?"

요정이 말했다.

"그랬었고, 좋았지만 지금은 아니에요."

난 대답했다.

"지금 제게 가장 필요한 것은 부모님이에요."

목구멍까지 올라왔던 울음이 터져버렸다.

이젠 참을 수 없었다. 실컷 울고 싶었다.

이번에는 아까와는 다르게 더 많고 무수한 눈물이 터져 나왔다.

얼굴이 눈물로 범벅이 되었다.

"많은 걸 깨달았구나."

요정은 다시 날 꼭 안아줬다.

"다시 날 만나기 전으로 보내주마."

요정이 말했다.
요정은 내 뒤에서 따뜻한 품으로 앉은 채
내 이마에 손을 올렸다.
잠시 머리가 어지럽더니 책가방을 메고 있었고 집으로 걸어갔다.
정말 요정을 만나기 전으로 돌아왔을까!
집에 도착해서 문을 열었다.

"은하야, 왔어?"

엄마의 목소리가 들렸다. 엄마가 있다는 게 정말 좋았다.
눈물로 젖은 내 얼굴에 환한 미소가 활짝 번졌다.

그 뒷이야기

마음대로 요정을 만나기 전이어서 그런지 혁이와 몇몇 친구들은 나를 계속 놀렸지만, 이월이와 친해지려고 노력한 끝에 지금도 이월이 와 단짝 친구이다.
혁이와 몇몇 친구들이 나를 놀려대지만, 하루가 지날수록 놀리는 친구들이 적어진다.
점점 적어지다 보면 아예 없어질지도 모른다.

나는 친구들이 나를 놀린다는 것 때문에 실망하기보다
부모님이 있는 것에 감사해야 한다는 걸 깨달았다.
그렇게 생각하니 나에게는 감사해야 할 것이 정말 많은 것 같다.
난 이 세상에서 부모님을 가장 사랑한다.